AF355769

6 Avril 1910

VENTE DU MERCREDI 6 AVRIL 1910

HOTEL DROUOT, SALLE N° 10

à deux heures

Par suite du départ de M. F...

Objets d'Art et de Curiosité

MEUBLES ANCIENS

Bronzes et Marbres, Faïences et Porcelaines

BOIS SCULPTÉ, TERRE CUITE, JADE, IVOIRE, MÉTAL, MATIÉRES DIVERSES

PENDULES & CANDÉLABRES, RÉGULATEUR

Tableaux — Objets variés

EXPOSITION PUBLIQUE

LE MARDI 5 AVRIL 1910

De 1 heure 1/2 à 5 heures 1/2

COMMISSAIRE-PRISEUR

Mᵉ ANDRÉ COUTURIER

Successeur de M. Léon TUAL

56, rue de la Victoire

EXPERT

M. GEORGES GUILLAUME

13, rue d'Aumale

PARIS

CONDITIONS DE LA VENTE

Elle sera faite au comptant.

Les adjudicataires paieront *dix pour cent* en sus des enchères.

L'exposition mettant le public à même de se rendre compte de l'état et de la nature des objets, aucune réclamation ne sera admise une fois l'adjudication prononcée.

Paris. — Imp. de l'Art. Ch. Berger, 41, rue de la Victoire.

DÉSIGNATION

TABLEAUX

GRAVURES

1 à 5 — BALLAVOINE (J.). Portrait de jeune femme.

— Nudité.

— Jeune femme costumée en pierrette.

— Femme aux cheveux blonds dénoués.

— Femme drapée de blanc et portant un ruban dans les cheveux.

6 — BLUM (Maurice). Le Perruquier.

7-8 — COMPTE-CALIX. L'Heure du bain.

— L'Heure du coucher.

Deux petites aquarelles se faisant pendants.

9 — HEEM (Genre de David de). Hanap et le plat de prunes.

Peinture sur panneau.

10 — HERPFER (Carl). Les Adieux.
Signé et daté : *Munschen, 1820.*

11 — LAGRENÉE (Genre de). Suite de trois grandes
toiles décoratives.

12 — Autre toile décorative : Vénus traînée par
des cygnes.

13-14 — LANCRET (D'après). Le Cuvier.
— Les Oies du frère Philippe.
Deux toiles peintes se faisant pendants.
Cadres en bois sculpté.

15 — LEFÈVRE (Ad.). Bacchante drapée de rouge
et tenant une grappe de raisin.

16 — MAIGNAN (Albert). Portrait d'homme en
redingote.

17 — MEYER (Ferdinand). Le Maître d'école.

18 — MICHEL. Paysage.

19 — PETIT (Eugène). Les Pêches.
Daté : *1882.*

20 — STEIGER (Edouard). Le Presbytère.

21-22 — TROYON. Cheval au vert.

— Vache à l'étable.

23 .— VALLIN. Bacchante vêtue d'une peau de bête.

24 — ÉCOLE ANGLAISE. La Fillette au chevreau.

25 — ÉCOLE ESPAGNOLE. Portrait de jeune seigneur en pourpoint.

26 — ÉCOLE FLAMANDE. Portrait de femme en collerette et vêtue de velours.

Peinture sur panneau.

27 — ÉCOLE ITALIENNE. Portrait en pied d'un prince de Savoie.

28 — ÉCOLE DE 1830. Le Chien malade.

29 — ÉCOLE ANCIENNE. Portrait ovale de femme âgée, portant la collerette et coiffée d'un bonnet.

30-31 — ÉCOLE MODERNE. Charrette sur la grand'-route. — Lisière de bois.

32 — Panneau de bois, provenant d'un clavecin et présentant une peinture allégorique.

33 — Le Coucher.

Gravure d'après Van Loo, par Porporati.

34 — La Sortie du bain.

Gravure d'après Trinquesse, par Lempereur.

35 — Lot de gravures, d'après Cochin.

PORCELAINES ET FAIENCES

36 — Paire de saucières en porcelaine de Berlin,
à décor de fleurs.

37 — Groupe en ancienne porcelaine de Saxe :
Cheval tenu en main par un Turc.

38 — Petite salière en ancienne porcelaine de
Sèvres, à décor de fleurs et médaillon.

39 — Tasse et sa soucoupe en ancienne porcelaine de Sèvres, à fleurs.

40 — Plat en ancienne porcelaine de la Chine, à
fleurs et lambrequins polychromes.

41 — Paire de bouteilles en porcelaine gros bleu
de Chine ; monture en cuivre.

42 — Deux grands plats en ancienne porcelaine
du Japon, à décor de rosaces et branchages.

43 — Plat à barbe et son aiguière en ancienne
porcelaine du Japon, à fleurs.

44 — Statuettes d'homme et de femme en ancienne porcelaine du Japon.

45 — Théière en ancienne porcelaine du Japon,
à décor de personnages.

46 — Guerrier japonais, assis, en porcelaine décorée.

47 — Cinq théières en porcelaines et faïences variées.

48 — Plat creux en ancienne faïence de Delft polychrome, à bouquet de fleurs.

49 — Autre plat de Delft, décoré en bleu de palmettes et rosace.

50 — Six couteaux à manches de Delft.

51 — Grande jardinière en ancienne faïence de Nevers, à anses et têtes de lions, décorée sur les bords d'animaux, fleurs et fruits et présentant, au fond, un paysage avec figures.

52 — Plat rond en ancienne faïence de Rouen polychrome, orné sur les bords de motifs à quadrillages, écrevisses et fleurs et au centre d'une figure de Chinois.

53 — Plat en ancienne faïence de Strasbourg, à branches fleuries.

54 — Plat en ancienne faïence, à décor en bleu de lambrequins et personnage.

MARBRE, BOIS, TERRE CUITE

JADE, IVOIRE

MATIÈRES DIVERSES

55 — Ancienne sculpture en marbre blanc d'enfant couché parmi des feuilles.

56 — Buste en marbre blanc de Marie-Stuart, sur piédouche en marbre jaune.

57 — Statuette en bois sculpté polychromé de la Vierge portant l'Enfant Jésus. xvᵉ siècle.

58 — Sculpture en chêne polychromé de sainte Marguerite terrassant le dragon. xvⁱᵉ siècle.

59 — Haut-relief en bois sculpté, représentant l'Adoration des Mages. Ancien travail espagnol.

60-61 — Deux devants de coffres et quatre petits panneaux gothiques en bois sculpté.

62 — Paire de plateaux ovales en bois incrusté de nacre.

63 — Cadre ovale, de style Louis XVI, en noyer sculpté et peint gris.

64 — Cadre Renaissance en chêne plaqué et mouluré d'ébène : application de cuivre à mascarons et rinceaux.

65 — Glace à cadre en bois sculpté et doré. Époque Louis XV.

66 — Tête de femme en terre cuite. Signée : *Baudouin.*

67 — Paire de bas-reliefs circulaires en terre cuite : Groupes de personnages antiques.

68 — Statuette en terre cuite : la Baigneuse. Signée : *Schœnewerk.*

69 — Théière en jade, sur son socle en bois de fer.

70 à 72 — Trois coupes en jade, sur leurs socles en bois de fer.

73 — Polyptique en ivoire sculpté et décoré, dans son écrin.

74 — Deux statuettes de marchands japonais en ivoire sculpté.

75 — Lot de pions de tric-trac en ivoire et bois.

76 — Buste en plâtre du maréchal Moncey, portant l'inscription : *En 1814, par de Seine, membre de l'Académie royale de peinture.*

77 — Deux médaillons renfermant des bas-reliefs en cire. Travail italien.

BRONZE, MÉTAL

PENDULES

OBJETS D'ART VARIÉS

78 — Garniture de cheminée en bronze ciselé et doré, composée d'une pendule à sujet de berger gardant son troupeau et de deux coupes. Époque Empire.

79 — Pendule-borne en bronze doré, ornée d'un groupe en bronze patiné : l'Amour et Psyché. Époque Empire.

80 — Horloge Louis XV en bois verni, ornée de bronzes ciselés à feuillages, rameaux fleuris, rocailles et nœud de rubans. Cadran signé de *Fumey*, *à Auxonne*.

81 — Œil-de-bœuf en métal verni. Cadran signé de *Lepaute*.

82 — Paire de girandoles Louis XV, à trois lumières, en bronze ciselé et doré, à coquilles, lambrequins et rocailles.

83 — Paire de grands candélabres Louis XVI en marbre et bronze doré, composés chacun d'une femme drapée et enguirlandée de fleurs, portant une corne d'abondance d'où s'échappent des rameaux de feuillage et des fruits.

84 — Paire de vases Louis XVI en bronze ciselé et doré, ornés de godrons et entrelacs et posant sur socles en marbre gris.

85 — Paire de flambeaux Louis XVI en cuivre ciselé, à feuilles et perles.

86 — Buste en bronze patiné de l'acteur Bressant, par FEUCHÈRE. Signé et daté : *1845*.

87 — Statuette en bronze de Renommée, sur socle marbre.

88 — Divinité de l'Inde en bronze verni.

89 — Quatre marteaux de portes Renaissance en bronze patiné et ciselé, à mascarons.

90 — Deux petits simulacres de vases en bronze, provenant d'une chaise à porteurs. Époque Louis XIV.

91 — Petit amorçoir en bronze patiné et ciselé.

92 — Deux bas-reliefs en bronze ciselé et doré, appliqués sur médaillons noirs : Bustes d'Henri IV et de Sully.

93 — Bassin circulaire en cuivre. Travail persan.

94 — Seau à rafraîchir en ancien métal argenté.

95 — Jardinière en cuivre ciselé, présentant le profil d'Henri IV et quatre pentures gothiques en fer forgé, ajouré et gravé.

96 — Cuirasse et casque en fer gravé.

97 — Canon en fer forgé et deux lances annamites.

98 — Revolver à manche d'ébène, batterie et barillet gravés.

99 — Petite jardinière en argent ciselé, de forme oblongue et ornée de mascarons. Style rocaille.

100 — Étui et bonbonnière ronde en vermeil, de style Louis XVI.

101 — Deux éventails à paillettes. Époque Empire.

102 — Émail peint de Diane chassant, dans un
cadre-médaillon en noyer.

103 — Violon portant la marque de *Jacobus
Stainer, année 1686.*

104 — Livre d'heures, orné de gravures, dédié
aux dames de Saint-Cyr, reliure en chagrin.

105 — Petite gouache rectangulaire sur vélin,
figurant une scène de réjouissances popu-
laires. École française du xviiie siècle.

106 — Miniature : Portrait de femme portant
une mantille ; cadre ovale en bronze doré.

107 — Petit coupon de dentelle, d'environ
2 m. 25 cent., au point d'Angleterre.

MEUBLES

108 — Armoire italienne à deux corps, flanquée de colonne, en bois noir orné d'incrustations d'ivoire présentant des dessins divers : Personnages, mascarons, cariatides, rinceaux et lambrequins.

109 — Grande crédence gothique en bois sculpté, à fenestrages et rinceaux, munie de deux portes et de quatre tiroirs et ornée de ferrures.

110 — Bahut Renaissance à deux corps et quatre tiroirs en bois sculpté de cariatides et mascarons.

111 — Grande commode, de style Louis XV, en bois de placage à quadrillages, munie de deux tiroirs et ornée de bronzes tels que moulures, chutes, rinceaux, coquilles, rameaux fleuris, rocailles et figurines de singes musiciens; dessus en marbre brèche d'Alep.

112 — Commode Louis XV en laque de Coromandel, ornée de bronzes ciselés et dorés et munie de deux tiroirs.

113 — Bureau à dos d'âne en bois de violette à
marqueterie de cubes, orné de bronzes. Il
porte la signature : *Hache, de Grenoble*.
Époque Louis XV.

114 — Meuble d'entre-deux à hauteur d'appui
en marqueterie de bois de couleur, orné de
bronzes et fermant à deux portes.

115 — Régulateur en marqueterie de bois de
rose et de violette, orné de nombreux bronzes : têtes d'animaux, pieds-griffes, lambrequins, rocailles, chutes de fleurs et surmonté
d'une figurine du Temps.

116 — Petite table-bureau Louis XVI, munie
de deux tiroirs à secret et ornée, sur les fa-
ces, de laque de Coromandel et d'un bas-
relief d'enfants bacchants en bronze ciselé et
doré.

117 — Table en noyer sculpté à colonnes, de
style Henri II.

118 — Quatre chaises en bois naturel sculpté,
couvertes d'étoffe à fond chaudron. Époque
Régence.

119 — Grand fauteuil, de style Louis XIV, en bois naturel sculpté, couvert de reps à ramages.

120 — Piano droit de *Ruch*.

121 — Selle de sculpteur en poirier noirci.

122 — Quatre rideaux en ancienne soie cerise.

123 — Objets omis.